AF234266

PORTRAITS

PAR

J.-L. DAVID

Appartenant à M. R...

———

CATALOGUE

TROIS TABLEAUX

Portraits

PAR

J.-L. DAVID

Appartenant à M. R...

ET DONT LA VENTE AURA LIEU, A PARIS

HOTEL DROUOT, SALLE N 6
LE JEUDI 22 JUIN 1905
à quatre heures

COMMISSAIRES-PRISEURS

Me PAUL CHEVALLIER   **Me DUBOURG**

10, rue Grange-Batelière   10, rue Lafayette

EXPERT

M. JULES FÉRAL, 7, rue Saint-Georges

EXPOSITIONS

PARTICULIÈRE : *Le Mercredi 21 Juin 1905, de 1 h. 1/2 à 6 heures.*

PUBLIQUE : *Le Jeudi 22 Juin 1905 (Jour de la vente), de 1 h. 1/2 à 4 h.*

CONDITIONS DE LA VENTE

Elle sera faite au comptant.

Les acquéreurs payeront DIX POUR CENT en sus des enchères.

Paris. — Imp. de l'Art, E. Moreau et Cⁱᵉ, 41, rue de la Victoire.

PRÉFACE

Les trois œuvres de David, qui sont plus loin décrites, nous attirent tout spécialement par l'intérêt de curiosité qui s'y attache. Pour la masse du public, qui ne garde pas toujours la mémoire fidèle des dates de naissance, David appartient au XIXᵉ siècle ; il est bien l'auteur du Jeu de Paume, il est surtout le peintre du Sacre, des portraits de Napoléon et de quelques évocations antiques dont on ne s'embarrasse pas de chercher la genèse. Or, les trois portraits, qui vont passer aux enchères, nous montrent un David inédit, un David qui, né en 1748, faisait ses premières armes de peintre aux environs de 1766, n'oubliait pas qu'il était, par sa famille, parent de Boucher, le talent le plus fêté de l'époque, recevait l'appui de Sedaine, travaillait dans l'atelier de Vien, et concourait pour Rome, pendant plusieurs années, avec Regnaud, Vincent, Ménageot, Surée, Vanloo, Moitte, Taillasson, Bidault, Lang, Jombert, Le Monnier, Bonvoisin, qui, dans leur carrière d'artistes, eurent des fortunes diverses, et sont presque tous, aujourd'hui, enveloppés d'un commun oubli. Ces noms de Buron et de Desmaisons, qui sont les noms des personnages représentés dans les portraits dont il s'agit ici, sont essentiellement associés aux débuts de David dans sa carrière de peintre, et c'est la vie du jeune élève de Vien que nous repassons, devant ces images d'un art si sincère, que l'on ne peut regarder sans un certain attendrissement, si l'on songe que, sans ces braves gens qui étaient gens de cœur, l'art français aurait été privé peut-être du maître puissant que fut David.

Le père de David avait été tué en duel le 2 décembre 1757. L'enfant avait sept ans, et fréquentait une pension de Picpus, où il apprenait le latin. Le père mort, la veuve consulta le cousin Boucher, premier peintre du roi, homme considérable, sur l'éducation qu'il convenait de donner à son fils. Boucher, qui avait toujours souffert de n'avoir reçu qu'une instruction trop sommaire, engagea Mme David à faire poursuivre par son fils des études complètes avant de lui choisir un état. Et voici que l'enfant, bientôt le jeune homme, atteignit à ses humanités avec des cahiers tout remplis, non pas de narrations et de discours, mais de croquis, de bonshommes, de cavaliers, de compositions, ayant rencontré d'ailleurs des professeurs qui regrettaient peut-être un orateur manqué, mais devinaient dans ces griffonnages inopportuns un peintre d'avenir. Par la mort de son père, David s'était trouvé plus étroitement placé sous la direction morale de sa famille maternelle, qui comptait, outre Boucher, Desmaisons, qui était architecte du roi et membre de l'Académie royale d'architecture, et Buron, maître maçon, qui n'avait pas l'esprit fermé à un effort libéral, et en avait déjà donné la preuve en sortant Sedaine des travaux manuels, pour le restituer à sa mission d'écrivain et de penseur. Les parents, cependant, ne voyaient pas sans inquiétude le jeune David oublier très vite l'écolier de rhétorique qu'il était, pour devenir l'assidu de l'Académie de Saint-Luc, ouverte par la corporation des peintres, sculpteurs et graveurs de Paris, dans une ancienne chapelle dédiée à Saint-Symphorien, et érigée rue du Haut-Moulin. La situation ne pourrait durer. Plus sa famille voulait le pousser à des occupations pratiques, telles que l'architecture, plus David se montrait réfractaire à obéir, et arguait de son désir de peindre.

Un jour, il n'y tint plus : dans le livre si complet qu'il lui a consacré, son petit-fils, Jules David, nous conte comme il suit, la scène qui se passa entre le jeune homme et sa tante Buron :

« Se promenant un jour avec sa tante Buron, chez laquelle il était en pension, il la pria de vouloir l'écouter avec intérêt, et faire part à son mari de ce qu'il allait lui dire. Alors, les larmes aux yeux, il la conjure dans les termes les plus pressants d'intercéder auprès de son oncle afin qu'on ne contrarie pas son inclination et qu'on ne lui parle plus d'architecture, de médecine ou de barreau. Il l'assure que son parti est irrévocablement pris, et que la peinture seule a des charmes pour lui ; que d'ailleurs la fortune, la considération, la renommée de Boucher, avaient donné de nouvelles forces a sa vocation. En vain sa tante lui présente que, pour justifier ses prétentions, il faut admettre d'abord que son talent égalera un jour celui de son cousin : David ne veut rien entendre. Enfin, grâce à ces accents que sait trouver une ame agitée d'irrésistibles pressentiments, il triomphe de ces objections ; elle cède et lui promet d'engager son mari a ne pas combattre une résolution désormais inébranlable ».

Il en fut ainsi : l'entrée dans l'atelier de Vien fut presque immédiate, et dès 1769, David, élève de l'Académie royale de peinture et de sculpture, commençait a obtenir des récompenses dans les concours ; il n'habitait plus chez son oncle Desmaisons, l'architecte du roi, rue de Jouy-Saint-Antoine, mais dans la cour du Louvre avec Sedaine, l'ami reconnaissant de sa mère et de son oncle Buron.

Si l'on considère les dates des portraits, plus loin décrits, 1769 et 1783, on remarque donc que ce sont des œuvres, faites dans la première fougue du début de David, avec l'émotion intime et la tendresse qu'il avait pour ces gens, tout près de son cœur, a qui il devrait sa joie de peindre, sa joie de suivre une vocation à laquelle en un jour de désespoir — on était en 1772 — il voulut sacrifier sa vie.

Les images des Buron et l'admirable portrait de Desmaisons, qui est de la même époque que les portraits des Pécoul, du Louvre, marquent pour ainsi dire le point initial et le terme de la première étape de la carrière de David, étape d'un très vif intérêt parce qu'elle a décidé de toute la vie du peintre, parce qu'il y a souffert du premier choc avec les rivalités et les luttes d'école, parce qu'il a dit enfin dans les portraits de sa famille, qu'il peignit alors, tout l'apaisement qu'il puisait à leur foyer, toute la confiance en soi qui lui revenait auprès d'eux.

Je n'ai pas à spécifier ici la valeur d'art de ces portraits, à chercher les caractères par lesquels ces œuvres de début, mais œuvres *fortes déjà, continuent la tradition des grands portraitistes du XVIIIe siècle : les amateurs feront d'eux-mêmes ces remarques. Ce que j'ai voulu, seulement, c'est élever la voix contre la légende, qui rajeunit inconsciemment la chronologie de David, et situer dans l'ambiance qui est la leur, ces portraits si vivants, si expressifs, qui ont, à mon sens, une signification précise dans l'œuvre de David.*

Juin 1905.

L. ROGER-MILÈS.

Désignation

DAVID
(JACQUES-LOUIS)
(Paris, 1748-1825)

I   *Portrait de Monsieur Desmaisons.*

Assis sur une chaise, il est vu jusqu'aux genoux, tourné
de trois quarts à gauche, le visage presque de face, les
yeux fixés sur le spectateur, la main droite tenant un
porte-crayon, le bras gauche accoudé sur une table de
marqueterie à ceinture de bronze, où sont posés des plans
d'architecture, une règle, un compas, deux livres.

En perruque poudrée à catogan, il porte un habit
vieux rose, bordé de fourrure brune, soutaché de pas-
sementerie d'or, un gilet de satin jaune broché, à fleurs,
ouvert sur un jabot de dentelles.

Signé et daté : *1782.*

Salon de 1783.

Toile. Haut : 90 cent., larg. : 71 cent.

DAVID
(JACQUES-LOUIS)
PENDANT DU SUIVANT

2 — *Portrait de Madame Buron*.

Elle est vue, à mi-corps, de trois quarts à gauche, assise dans un fauteuil devant une petite table, le bras droit accoudé, la main soutenant le front et ombrant son visage rêveur, les yeux distraits d'un livre qu'elle tient ouvert.

En corsage de soie blanc, rayé de rouge et de vert, décolleté, les manches courtes laissant les bras demi-nus; une coiffe de dentelle, ornée d'un ruban de même étoffe que le corsage est posée sur ses cheveux relevés et poudrés. Autour du cou, un ruban de velours noir, noué sur la nuque.

Signé et daté : 1769.

Haut., 64 cent.; larg., 50 cent.

DAVID
(JACQUES-LOUIS)
PENDANT DU PRÉCÉDENT

3 — *Portrait de Monsieur Buron.*

En habit vert, galonné d'or, gilet jaune, il est assis sur une chaise, de profil à droite, le bras gauche accoudé sur le dossier, la tête appuyée sur la main.

Sa perruque poudrée est nouée par un large ruban noir pendant sur le dos.

Signé à droite et daté : *1769.*

Toile. Haut., 63 cent. ; larg., 5o cent.

RED. :

27

0 1 2 3 4 5 6 7 8 9 10

www.ingramcontent.com/pod-product-compliance
Lightning Source LLC
LaVergne TN
LVHW021802060726
842528LV00003B/1096